슬픔의 버릇

시와소금 시인선 157

슬픔의 버릇

ⓒ박해림, 2023. printed in Seoul, Korea

초판 1쇄 인쇄 2023년 07월 20일
초판 1쇄 발행 2023년 07월 25일

지은이 박해림

펴낸이 임세한

펴낸곳 시와소금

디자인 유재미 정지은

출판등록 2014년 1월 28일 제424호

발행처 강원 춘천시 충혼길20번길 4, 1층 (우-24436)

편집·인쇄 서울시 중구 퇴계로50길 43-7 (우-04618)

전화 (033)251-1195 / 휴대폰 010-5211-1195

전자주소 sisogum@hanmail.net

ISBN 979-11-6325-063-0 03810

값 12,000원

춘천문화재단

· 이 시집은 2023년도 춘천문화재단 전문예술지원금으로 발간하였습니다.

시와소금 시인선 · 157

슬픔의 버릇

박해림 시집

시와소금

지난 몇 년은 걷는 일이 줄었다
걷기가 귀한 일임을
다시 돌아본다

지난 몇 년은 만날 일이 줄었다
만나서 웃고, 이야기를 나눈다는 것이
얼마나 귀한 일인지
다시 돌아본다

너를 만나는 일은
나를 만나는 일이므로

지극히 평범한 일상에 기대본다

| 차례 |

| 시인의 말 |

제1부 달방

제2부 탁발의 바다

제3부 나의 정원

제4부 꽃들의 시간

작품론 | 전기철

제 **1** 부

달방

한 걸음

한 걸음, 한 걸음 걸었을 뿐인데
멈추지 않고 걸었을 뿐인데

거봐,

마른 수숫대에 이른 바람보다
먼저

네게 와 있잖니

안부

한 줄이면 어떻습니까?

두 줄이면 어떻습니까?

석 줄 위에 명주바람 내려앉습니다

당신이 오는 길목에
찰랑찰랑 햇살을 받아 든 나뭇잎을
한 줌 흩어 두겠습니다

귀만 열어 두겠습니다

슬픔의 버릇

비슷한 시기에 어머니를 잃은 동네 친구는
잘 놀다가도 해가 지면
외할머니 무릎에 고개를 깊이 파묻었다
창유리가 까매질 때까지 그러고 있었다
살아 있는 사람도 정물靜物이 된다는 것을 그때 처음 알았다

비슷한 시기에 아버지를 잃은 나는
실컷 놀다가도 해가 지면
방 한쪽 구석에 기대놓은 이불 속으로 숨어들었다
오후의 빛이 제풀에 사그라들 때까지 그러고 있었다
보이는 것보다 소리가 더 무섭다는 것을 그때 처음 알았다

슬픔은 꼭 해가 질 때를 기다리는 고약한 버릇이 있다는 것도
처음 알았다

지붕

수리한 지붕에서 비가 샜다
오래전의 일이었다

새집은 윗집 아랫집이 있는 공동주택인데도
가끔 자주 비가 줄줄 새는 것이다

거실 안쪽까지 해가 드는 아침에도 한밤중에도 비가 샜다
시도 때도 없는 일이었다

무릎이 내려앉은 엄마의 지붕도 진작 비가 새고 있었는데
아버지의 카나리아 새장과 오래 양복이 걸렸던 옷장이
식구들의 반짝이는 발톱과 신발이
함께 떠내려가는 것도 막을 수 없는 노릇이었다

똑똑 똑 또그르르…

뜬금없는 빗소리가 대낮부터 집안을 흔들어댈 때는

그건 순전히, 청명 한식을 긴 가뭄 끝에 보낸

모처럼의 꽃놀이 탓이라고

낮달이 너무 밝았던 탓이라고

아직도 우겨 보는 것이었다

한 푼 구두

상점 진열대에 놓인 코끝이 둥글둥글한 구두와
눈이 마주쳤네
눈이 번쩍였네

아버지는 말했었네
구두를 반짝반짝 닦으면 한 푼 주겠다고

코끝이 반짝일수록 구두 속은 깊어져
아버지의 거친 발에 걸려 눈을 크게 떠야 했네
습하고 어두운 용천혈에 이르렀을 때는
호호 입김을 뿌려 제법 능청스럽게
구두닦이의 손아귀 재주를 흉내 내기도 했었네

아버지의 두툼한 손이 짧고 깊은 고요를 건너
정수리에 잠시 머물렀던 어느 봄날,

새벽달이 떠도 아버지는 돌아오지 않았네

반짝반짝 윤을 내던 작은 손은
코끝이 둥글둥글한 아버지의 구두를
짱하니, 정수리가 뜨거웠던 그 한 푼을

여태 쥐고 있었네

수선

바늘이 급히 지나간 자리에 하얗게 풀이 돋았다

줄을 맞춘 것들, 줄을 벗어난 것들
비스듬히 구른 것들, 듬성듬성 돌아앉은 것들이
제 누추한 뿌리를 잘근잘근 씹고 있다

맨몸의, 텅 빈 날개만 남기고 주저앉은 오후
덧댄 호주머니를 뚫고 솟아오른 관절의 마디가 흩어진다
달아날까 말까 망설이던 어깻죽지가
어긋난 등고선을 밀어내려 안간힘을 쓰지만
왔던 길을 찾을 수 없다

한순간 칠흑의 바닥을 놓아버린 수직의 새발이
거칠고 가쁜 호흡을 밀어내며 스러질 때 날개를 잇댄 손은
저 눈먼 허공만은 놓을 수 없는 것이다

거친 발이 벗어던진 것은

방식을 길들인 저 견딜 수 없는 부끄러움의 시간

마구 달아나는 저 질긴 바늘을 되돌릴 수 없다면
마구 돋아난 풀이라도 껴안을 수밖에
허공을 둘둘 말아 저 허연 낮달로 펄럭인 바닥에 무늬를 새길
수밖에

달방

강원도 인제에 가면 낮에도 달이 뜹니다

낮은 지붕과 더 낮은 지붕들의 틈막잇대 사이로
달이 되고 싶은 사내들
달이 되지 못한 사내들이 한껏 몸을 낮추고는
오월 봄볕에 눌린 고요 깊은 골목을 간신히 빠져나옵니다
일당 얼마에 몸을 묶은 사내들
까치발을 하고선 산죽과 산딸나무를 밟고서는
하늘로 하늘로 솟아오르는 것입니다

그럴 때면
산비탈을 훑어내린 마디 굵은 바람이
뻐꾸기 울음을 울기도 하는 것입니다

가끔은 떠돌다 못 떠오른 뭇사내들과
대처에서 사라졌던 사내들이 작당을 하고선
밤이면 어둠을 뚫고 몰래몰래 솟구치기도 하는 것입니다

여기 달방 있음, 달방, 달방…

한 달에 단 한 번, 단 하루치의 목숨을 걸었더랬습니다

접골초

　누군 코딱지나물이라 하고 또 누군 광대나물이라고 합니
다만
　그래도 꿀풀이라는 말이 제일 달콤합니다

　접골이라는 말은 조금 무섭지 않아? 라고 웅얼거렸지만
　너는 누구니? 물을까 봐 되려 겁이 나는 것이었습니다

　너는 누구니? 어디서 왔니? 라고 물으면 말문이 흔들리고
　뒷걸음질 치며 지구 밖으로 떨어질지도 모른다는
　나에 대해서 아무것도 아는 것이 없다는 것은 정말이지 낯선
것이었습니다

　나를 처음 만나는 것과 처음 알게 된 것들이 서로 부딪치며
조각조각 난
　그 파편들을 껴안고 흐드러질 뿐인 것이었습니다

　내 몸속 어딘가에서 자라나는 접골초가 구름에 가린 달빛을

끄집어내고

　살 속에 박힌 유리조각을 끄집어 내어줄지도 모른다는

　대충 이러저러한 위안이 길게 늘어지는 오후가 이제 막 시작
되긴 했습니다만,

네 것과 내 것

개미가 기어가다 문득 뒤를 돌아본다
기어간다기보다
걸음을 잠근 것일 텐데

바닥에 드러누운 햇빛을 무너뜨리며 뭉게뭉게 피어오르는 바
람을 사정없이 꺾으며

어제도 오늘도 문득 꽃의 각도를 벗어버리고 싶은 것이라면
부감의 시각으로 너를 돌아보는 것이라면 양손을 늘어뜨리는
저 구부정한 쓸쓸함은 무엇인가

제 발밑을 믿지 못한 정오의 해가 그림자를 감추고
그 아래 바람을 움켜쥔 어깨가 구부정히 흐느끼며 들여다보
는 것이 아니라면
개미가 휘청이는 걸음을 감추는 것이라고 끝까지 우긴다면
나는 나를 걸어가는 것이라고 끝까지 말할 수 있을까

네 것과 내 것이 바뀐 것이 아니라면
어깨를 견주며 살 수 없는 날이 와도 개미는 그저
발밑을 근근이 나누어준 것일 뿐인데

그 허공 속에 굴뚝을 감추고 달리는 무수한 잎이 나부끼는
나무일 뿐인데

어쩌면

지금의
나는 내가 아닐지 모른다
내 것이 아닌지 모른다
누군가
지쳐 훌훌 벗어 던진 허물
성가셔서 물리쳐버린 욕망이난망欲忘而難忘

그
풍경에 놓인 징검돌이거나
침묵의 배경일지 모른다
하루하루 견딘다는 건
본래의 나를 찾기 위한 여정에 불과한 것
슴슴한 햇빛 아래 줄타기 놀이인 것

사투이거나, 몸부림이거나…
사막 한가운데를 달리는 우물 속 고요이거나

봄날을 서성이다

후드득 후드득
봄날 유리창을 그을린 빗방울이 흠칫 멈춥니다

세상의 모든 저녁 어룽대던 그 뒷모습이
덜컥 흐르다 멈춥니다

당신은
어디쯤 멈춰 서서 이 짧은 봄날을 서성이고 있는지요

기억 저편
그때의 시간을 미처 내어놓지 못했는데

작은 눈물이 삼키다 만 당신을
기어이 내려놓아야 하다니요

그녀의 잠

한낮에도 그림자만 돌아다니는 집
추억이 있던 자리
그리움이 있던 자리

방문을 열고 내다보던 그때의 얼굴을 기억하네
그믐처럼 깊었던 그 눈빛이여

한낮을 겅중거리며 또 걸어야 하네

아무래도
몰래 창문을 두드려야 할 것이네

이불을 덮어쓰고 밤새 그리워해야 할 것이네

질량의 법칙

A4용지 2장을 더 넣었을 뿐인데
가방이 무거워졌다

시
두 편의
질량과 무게가 이토록 큰 것이었는가

꽃 몇 송이
나비 몇 마리
벌 몇 마리가 질료의 전부였는데

눈보라와 비바람과 그늘을
미처 다 털어내지 못했을 뿐인데

제 **2** 부

탁발의 바다

안부가 그리운 날

하루의 절반은 당신을 위해 쓰겠습니다

작은 꽃밭을 만든 후
걷기 좋은 길을 내어
새를 앞세워
편지를 쓰겠습니다

앉은뱅이 소반을 마주하고
구름이 다녀간 하얀 종이 위에
당신을 또박또박 써 내려가겠습니다

당신이 너무 아득해서
온종일 걸어도 만날 수 없을 때
박새 발자국을 두고 가겠습니다

오래전 안부는
눈[眼] 속에 그대로 두었습니다

이즈음 알게 된 것들

유리창에 내린 햇빛은 춤추며 스며든다는 것
속살속살 귓전으로 내린다는 것
비는 꼭 산으로 들로 발꿈치 들고 쏘다니기를 좋아한다는 것
으늑한 지붕 아래 구석진 곳으로만 몰래몰래 숨는다는 것
오래된 것들에게선 울음도 허기진다는 것
빛이 바래져서야 비로소 또렷해진다는 것이다

마주하고 옆에 없어도 꽃이 피고 새가 난다는 것
그 너머와 저 너머 따로 있어도 끝내 한곳으로 모인다는 것
당신의 심장에 후드득 떨어지는 눈물은 여전히 둥글다는 것
뜨거운 혈관을 건너 마침내 소沼를 이룬다는 것이다

저녁의 툇마루를 떠올리는 오후, 오래 문턱을 넘었던 성근 걸
음은
툭 툭 투두둑 조곤조곤 귓속말을 나누고 싶은 것이다
별이 뜨면 별꿈을 달이 뜨면 달꿈을 꿀 때
이제껏 걸어온 발이 바람이 되고 노래로 흩어질 때

당신의 등만 봐도 햇볕이 얼마나 쌓였는지
높새바람이 일 것인지 알게 되는 것이다

봄날, 발등에 내린 햇볕이 거침없는 막춤을 추어대고
꽃에서 꽃으로 가는 시간은 아직도 유효하다는 것을 알게 되
는 것이다

그리운 것들은
아주 작은 솜털만으로도 혹한을 껴안을 수 있고
사진 속 젊은 엄마는 아직도 간지럼을 태우는데
늙은 엄마의 기침은 윗목에서도 뼈 시리게 뜨겁다는 것이다

내게 등을 기대봐

너에게 등을 기대는 일은
우주가 불쑥 내게로 건너온다는 말

얼마나 깊고 넓은지
얼마나 넓고 깊은지

멀고 또 아득한 것인지 그리하여,
그리하여 아득하고도 또 먼지

달이 뜨고 질 때
태양이 떠오르고 가라앉을 때 그리하여

그만, 이 모든 것을 놓아버릴 때

네게 등을 기댄다는 일은
내가 아무리 조심조심 건너도 위험천만의 일이라는 것이다

눈썹

너에게 갈 때는
터벅터벅 걸어야 하리

나침반도 없고 지도에도 없으니

빤히 보이는데도
닿을 수 없으니

힘껏 노를 저어도 다다를 수 없으니

육각형 불빛

불빛에 얼굴을 오래 묻고 있으면 각이 만져지네
발을 오래 묻을 때도 각이 걸리곤 했네

불빛이 빈틈에 물릴 때
낮은 울타리의 골목길 눅눅한 집은
협곡에 갇힌 채 거친 숨을 몰아쉬곤 했네

야크 뿔에 옆구리를 들이받힌 양처럼 밤새도록 잉잉 울어댔네

어느 날은
발바닥까지 불빛이 들이닥쳐서는
온몸을 쭈그러뜨리기도 했었으나

미처 각을 다 깎아내지 못한 낯선 이가 오래도록 간절하게

각에 깎여 거칠어진 나를
불거져 울퉁불퉁한 나를

그늘을 먹어 치운 손톱에 들이받혀 뻔뻔한 나를

낯설게 빤히 보고 또 보는 것이었네

절규

절구공이가 힘껏 고추를 빻는다
엇갈려진 틈을 들이켰다가 내뱉는다
한 방향으로 돌진하는 타는 목마름이
사방으로 튀는
햇빛의 시간을 끌어모았다가
잘게잘게 바수어버리는 것이다
다시는 일어나지 못하도록
발목을 으스러뜨려놓는 것이다

의자에 걸터앉아
가루의 시간을 기다리는 사람들
절구공이를 따라
눈이 올라갔다 내려갔다 하는데 마치
한눈을 팔면 제 몸이 가루로 바수어질까
게슴츠레한 눈으로
절구공이를 한순간도 놓치지 않는다
바닥을 내리찧을 때마다

불끈불끈 주먹을 움켜쥐는 것이었다
미처 내어놓지 못한 눈물을 찔끔찔끔 흘려보내면서
아닌 척도 해보는 것이다

엄마는 아직도 늙어가는 중

오래된 집이 햇볕에 편안히 기대고 있다

미간을 좁히며
노랗게 삭힌 무릎 세워
벽을 이불처럼 한껏 끌어당기고 있다

눈도 귀도 먹어서
불러도 듣지 못하고 돌아보지 못하는데
건듯 바람이
창문을 흔들다가 수숫단 머리칼을 흩어놓다가
앙상한 어깻죽지를 조물락조물락 만져주는 것이다

그러면
엄마는 턱을 떨어뜨리며 철 이른 봄을
가랑가랑 삼키고는 하는 것이다

과녁

본디
너의 태생을 애절함이라 불러주리
격식 제대로 갖춘 일격의 발차기 선수라 불러주리

과녁이 된
나의 심장은 지금 이 순간
산산이 부서지고 또 부서지고 말 터이니

딱 한 번의 실수로 끌려온 것이 아니라면

목놓아 뒹굴면서도 허리 꼿꼿한 지상 최초의 완벽한 궁수라
고 부를 것이니

그 애절함의 끝에 서고 싶은 것이다

그 나무

한 자리에 오래 서 있으면 나무가 되나

오래 우리집 앞에 살던 오얏나무 한 그루
수없는 천둥 번개가 내리고
비바람이 다녀갈 때마다
열매를 맺고 꽃을 피웠다
팔이 약간 휘어지거나 부러졌을 뿐

아버지는 오얏나무보다
더 오래 서 있고자 했는데
어느 날 뚝 부러졌다
뿌리까지 뽑혔다

아무래도 나무는 되고 싶지 않았던 거다

오래된 변명

모래에 흘려 쓴 글들을 길게 길게 읽네

너는
매번 아침이었고
매번 저녁이었다네
수없이 나를 지나친 그 밤이었네

초저녁별이 불러낸 그 얼굴
새벽녘이면 훌쩍 사라질 것이네

한 번도 내게 머문 적 없는 그 발이
수없이 달려왔다가
한없이 멀어지고 있는데
잡아달라고 발끝을 세우고 있는데

너를 잡을 손이 아직 내겐 없네

그해 사월 열엿새 날은

깃털보다 가벼운 시간
먼지보다 더 멀리 날아가는 시간
오후의 빛살에 기대 저 혼자 깊어가는 지붕의 잔주름들

이제 두 손을 포개어
저무는 하루를 겸손히 받아들여야 하리
등 뒤에 쌓인 곤줄박이 울음일랑
뜨겁게 껴안아야 하리

또 한 생이 낙숫물처럼 뚝뚝 떨어지고 있다

탁발의 바다

모래에 흘려 쓴 글들을 길게 길게 읽네
멀고 먼

너는
매번 아침이었고
매번 저녁이었다네
수없이 나를 지나친 그 밤이었네

초저녁별이 불러낸 그 얼굴
새벽녘이면 훌쩍 사라질 것이네

한 번도 내게 머문 적 없는 그 발이
수없이 달려왔다가
한없이 멀어지고 있는데
잡아달라고 발끝을 세우고 있는데

너를 잡을 손이 아직 내겐 없네

살구 공허

때 이른 가루눈 내리는 저녁
홀로 벽에 기댑니다
흰 어둠 너머 닿지 않는 손길이 있군요

이름을 부르지 않겠어요
가만히 눈을 감는 편을 택하겠어요
이마며 눈썹이며 콧등 타고 턱에 차오르는
어린 마당의 불빛이 초근초근 밝아오는군요

활활 타오르다 가뭇가뭇 흩어지는데요
천둥 치고 비바람 들이친 날들
설익다 지친 살구 몇 알이
여태껏 그 땅을 움켜쥐고 있습니다

제 **3** 부

나의 정원

수화

이처럼 아름다운 꽃을 본 적이 없다

이처럼 고요한 말을 들어 본 적이 없다

비가 와도 젖지 않고
바람이 불어도 흩어지지 않는

이처럼 작고 단단한 세계를
쉴 새 없이 실어 나르는 초고속 열차를

이처럼 크고 넓은 세계를
한 치의 빈틈도 없는 초음속 비행기를

벌새

밧줄을 둘둘 감은 채
고층 아파트 외벽으로 힘껏 날아든 도장공

세상에서 가장 빠른 날갯짓으로 허공을 멈추더니
외벽 가득 붉고 노란 꽃을 활짝 피우더니

긴 주둥이를 날카롭게 세워
암술의 깊은 목에 혀를 밀어 넣는다
힘껏 꿀을 빨기 시작한다

목말 타던 아들의 발끝이
위, 아래 옆으로 전속력으로 달아날 때
단단하고 조밀한 어깨 근육이 불끈불끈 일어나는 것이

등이 가려워도 날갯짓을 멈출 수 없는데
발이 시려도 신을 고쳐 신을 수가 없는데

천둥과 번개를 가둔 저 무량한 꽃잎이여
천 근 꿀을 가둔 저 아득한 허공이여

사내,
밧줄을 더욱 팽팽히 죈다
무량 날갯짓으로 다음 외벽을 향해 힘껏 솟구친다

발꿈치의 말

나는 내 식구의 발꿈치를
본 적이 오래되었다 만진 적은 더욱 오래다 대개
스타킹이나 양말 속에 갇혔거나 신발 속에 들어앉아서 도무지
나올 생각 없는 하루를 살아야 하는 때문이다

저녁이 되어도 발꿈치를 볼 수 없었는데
긴 하루를 물린 후 소파나 바닥에 앉아 발을 흐트러뜨리느라
온 마음을 다 썼기 때문이다

바닥을 딛고 섰을 때도 발꿈치는 볼 수 없었다
근시의 시력으로는 미처 가닿지 않아서이고
딱히 허리를 굽혀야 할 이유를 찾지 못해서였다
하늘을 가리는 늘어진 나뭇가지를 쳐내고 고르는 일에 더 열심이지 않았느냐면
변명의 여지는 없다

어느 볕 좋은 날

딱 한 번이라도 제대로 들여다보고 어루만졌다면

인디애나 존스의 영화에 나오는 저 사하라의 모래처럼 푸석

푸석하지 않았을 것이다

갈라진 발꿈치를 줄칼로 다듬어야 할 변명 따위는 듣지 않아

도 되는 것이다

만진다는 것과 본다는 것은 발꿈치를 안다는 말이다

발꿈치를 안다는 말은 온 마음을 다 쓴다는 말이다

환승

풀들은 자라서 잡초가 될 시간이 필요했으니

방이 공간이 되는 동안
기억이 덜컥이는 널빤지로 돌아오는 동안
벽이 제 뼈를 허물고 제 살을 허무는 동안
창가에 쌓인 어제의 저녁 햇살은 지붕 깊숙이 숨어들어
등뼈를 잔뜩 웅크려야 한다

별을 베고
밤새워 나누었던 우리의,
가난한 귓속말이 꽃으로 피고 나비로 날아오를 때까지

발을 숨긴 고양이처럼 작은 기척에도 움찔 몸을 떨어야 한다

적막의, 적막이 환승을 다 마칠 때까지

분분한 잠

너를 깃털이라 불렀더니 수수깡이라고 말한다
너를 수다쟁이라 불렀더니 지우개라고 말한다

아마도 허수아비이거나 변덕쟁이일 것이라고 단정 짓고는
공중을 올려다보았더니

이윽고 너는
날 밝아지지 않을 눈물이거나
칭얼거리는 물 위의 숨일 거라고 말한다

나의 정원

오래전 부리를 거둬들인 땅을 뒤집습니다
논이었다가
묵정밭이었다가
예측을 벗어난 달의 배경이었다가

어느 봄날 뜨거운 저녁 해가
사막의 모래바람이
아이의 눈에서 덜컥 일고서는
울컥울컥 목울대에 하염없이 걸리고서는
바람이 묵묵히 걸어와서는
아무 일 없다는 듯
이윽고 붉은 칸나에 고요히 걸터앉을 때까지

파드득 후투티 한 마리
꽃이었던 자리에 스윽 입을 맞추고는 남은 해를 힘껏 밀어냈
습니다
바닥에 닿는 것들은 모두 중심이었던 것이었습니다

구름이었다가 바람이었다가 눈물이었다가 새벽이었던 것처럼

발그레한 밑줄이 발아래 서너 줄 더 그어지고 난 다음
오늘에서야 책 한 권이 또 만들어졌습니다

숨을 묻었던 깊은 부리가 힘껏 공중에 솟구칩니다

낙화, 그 이후

몰래 숨어든 것도 아닌데
발소리를 듣지 못한다

하늘은 벌써 아득해지는데
나를 지나쳐 갔다는 전갈은 받지 못한다

자꾸만 작아지는 어깨를 감싸 안고
바닥에 쌓이는 꽃잎을
그저
바라볼 수밖에 없다면

당신을 가로질러 가는 숱한 봄을
이제 내려놓으리

먼 나라의 우화寓話 속으로나 숨어들어
아이의 작은 손에 펼쳐진 그림책으로 남으리

조팝꽃 저녁

조팝꽃 저녁이 왔어요
조팝꽃 저녁이 왔어요오!
조팝꽃 저녁이!

오래 돌보지 않아 바깥이 되었어요
어쩌면 처음부터 바깥이었는지 몰라요

어서
스위치를 올려야 해요

초판본 부근

어느 수집가의 유리진열대 한쪽에 숨어 있는
김소월 시집 초판본이 시가로 치면 일억이 넘는다는데
얼룩덜룩 변색한 책은 진작 멱살이 잡혔지만
오랜 시간
호흡을 멈추지 않았다는 것인데

어떻게 호흡의 대가가 일억이냐고 따지면
등 시린 봄볕과 눈물도 말려버린 가을 볕살 진창의 한여름 땡
볕을 심장에 욱여넣어
혹한에 내다 건 긴 긴 눈설레의 들마꽃 시절, 발걸음도 찍지
못한 채 날려 보낸
오래 사막이었던 잿개비가 된 시절을 그새 잊었느냐고
득달같이 되 따질 것만 같아 차마 묻지 못한다

창문도 봉쇄한 때우고 매운 강화유리에 꼼짝없이 갇힌 초판
본 김소월 시집이 가쁜 호흡을 연신 몰아쉬는데

변변찮은 까닭 없는 초판본 생 하나 때아닌 가을 장맛비에
흐릿흐릿 젖는다

지금에서야 하는 말이지만 · 1

그때
난 너무 얇았다

32절지 갱지처럼 작은 바람에도
등이 들썩들썩하기만 할 뿐

아무도 몰래
아버지는
전속력으로 떠날 준비를 마쳤음에도
눈치채지 못했을 뿐

엎어져 무릎이 까지면
꿈속에서도 다리를 절 뿐이었다

지금에서야 하는 말이지만 · 2

아버지가 누웠던 노릇노릇 잘 익은 아랫목에
배추흰나비가 성큼 날아 앉고
핏빛 칸나의 그림자가 옮겨 다니며 제 허리를 키울 때

적요에 든 그 고요가 너무 아득해서
잠시 고개를 돌릴 수밖에 없었는데요

마침내 오후의 햇빛이 대신 드러눕고는
아버지인 척했을 때 시력이 나쁜 어머니도
차마 모른척할 수 없었던 거였어요

저녁 밥때를 뭉갠 천둥벌거숭이들이
골목길 끝에서 가위바위보를 목이 쉬어라 외칠 때
어머니가 팔베개하고 모로 누운 것도 그때였어요

아버지가 빠져나간 노릇노릇 잘 익은 구들의 이야기를
어머니도 차마 받아적을 용기가 없었던 거였어요

그 사내

딱 여기쯤 멈췄다가
한순간 자지러지는 그 사내

풀어헤친 가슴 여몄다 왈칵 놓아버린 순간,

그 누구의 손길도 거부한
이 세상 단 하나 절명의 외마디를
저 수수 만만 시간의 더미에 함토含吐하였으니

수없이 떠난 자리 누우면 만져지리
수없이 돌아온 자리 귀를 내려놓으면 들리리

잃어버린 첫새벽이 꾸물꾸물 몰려드는 소리
당신이라는 세상이 왈칵왈칵 떠밀려가는 소리

제 **4** 부

꽃들의 시간

네가 온다는 말

네가 내게로 온다는 말은
내가 네게로 간다는 말이다
한 걸음도 빼먹지 않고 온전히
나를 건넌다는 것이다
네게로 닿는다는 말이다

우리가 접었던 발자국과
우리가 폈던 날개만으로도

걸음을 포기하지 않았다는 말이다

어디에 놓여도 걸음만은 떠내려가지 않았다는 말이다

적막 · 2

째째 째째 우는 줄 알았는데
찌찌찌 찌찌 운다

찌찌찌 찌… 우는 줄 알았는데
쯔쯔쯔 쯔 쯔 쯔 운다

쯔쯔쯔 우는 줄 알았는데
츠츠츠츠 츠츠…운다

째, 찌, 쯔, 츠 가 아니라
츠릉츠릉 째, 츠릉츠릉, 찌, 츠릉츠릉, 쯔, 츠릉츠릉, 츠츠츠…
우는 것이다

어떨 땐
나나나…
너너너…
하기도 한다

하모니카 손

　우릿한 밥 냄새 해지개 저녁 부엌에서는 달그락달그락 그릇
부딪는 소리
　사각사각 무 써는 소리 꺽뚝꺽뚝 파 써는 소리, 소리 냉장고
달깍 닫히는 소리
　흐드러진 푸성귀 위에
　흔쾌한 물 쏟아지는 소리, 소리, 소리가

　식탁 위에는 달강달강 숟가락 부딪는 소리 수수이삭 고개 맞
댄 달캉달캉
　아이들 웃음소리 어제 그랬던 것처럼 햇미나리 만찬의 흥겨운
소리, 소리 오랜 책 한 권이 활짝 펼쳐지는 소리, 소리, 소리가

　손과 손이 만나 손과 손이 익어가는 소리, 소리 어제의 손이
오늘의 손 위에
　피어나는 소리, 소리가
　알숭달숭 씽씽이 소리를 연주하는 달큰한 저녁이 왔다

봄날 흔적

후드득 후드득
봄날 유리창을 그을린 빗방울이 흠칫 멈춥니다

세상의 모든 저녁 어룽대던 그 뒷모습이
덜컥 흐르다 멈춥니다

당신은
어디쯤 멈춰 서서 이 짧은 봄날을 서성이고 있는지요

기억 저편
그때의 시간을 미처 내어놓지 못했는데

작은 눈물방울이 삼키다 만 당신을
이제 내려놓아야 하다니요

봄인데

봄인데,
개나리가 병아리 주둥이처럼
활짝 벌어지는데
산수유, 벚꽃이 제 겨드랑이를 간질이며
날개를 일으키는데

마스크에 갇힌 나는,
봉오리인 채 껍질을 벗을 수 없네

붉은 신호등에 포획된 해거름의 자동차가
허우적허우적 사막으로 질주하고
거친 모래폭풍이 잦아들지 않아도

오늘 더는 미룰 수 없네
껍질에 갇힌 나를,

천지사방 툭툭 터지며 만개해야 하네
눈부신 봄이어야 하네

등에 내린 햇살

등에 내린 햇살은 아득합니다
아득하다 못해 눈이 시리고 시리다 못해
당신에게로 힘껏 뛰어들고 뛰어들면서
흉곽을 활짝 열어젖히는 것입니다

빨강의 시간이 지나갈 동안
파랑의 시간이 지나갈 동안

추락은 한없이 깊고
끝없이 팽창하는 날갯짓을 날려보내다가
중력도 없는 시간을 팽팽히 끌어당기다가

앞 사람의 등을 보고 걷는 시간이
그 앞 사람의 등과 등을 보고 걷는 시간과 헝클어지다가
앞과 옆이 서로를 속이며 허둥대며 자리를 바꾸는 동안
나는 한없이
굴절하고 굴절하며 굴절하면서

등에 내린 햇살과

봄잠에 든 천변의 풍경을 천천히 내 안으로 옮겨 옵니다

나는, 오래 흠뻑 소용돌이에 듭니다

겨울 밭둑

　크고 작은 발자국들이 한꺼번에 덮친다, 눈은 겹겹 쌓이고 겹겹 쌓인 것은 피비린내의, 생존을 위한 극한 숨소리였다

　발소리를 먹어 치운 산짐승의 달아오른 콧김 소리, 칼날을 베어 문 붉은 달빛이 낭자할 것이냐. 사방에서 몰려든 눈들이 눈치 없이 이때다 플래시를 팡팡 터뜨리는 것도 어쩔 도리 없는 일이었다

　눈밭에 나뒹굴던 고구마의 두근거리는 가슴을 엿보는 일, 언 감자에 코를 박고 나붓나붓 숨을 고르는 일 송곳니가 불쑥 솟는 고라니의, 낚시눈 메다꽂은 생존의 질주는 절대 멈출 수 없는 일이었다

　뛰어라, 뛰어! 달려라, 달려! 핏발 선 눈이 왈칵왈칵 쏟아질 것이니 어둠의 살 속으로 날 선 총구를 힘껏 밀어 이제 고요의 격한 냄새에 밭둑이 움찔할 때만 기다리면 되는 것이다

밭에서 씨앗이 솟아오르는 것쯤 이제 아무 일도 아니다 난리 북새통에 파헤쳐진 씨앗은 천신만고 끝에 이때다 몸을 다락밭에 힘껏 밀어 넣어야 한다 기어이 살아남아야 하는 것이다

밭둑이 스러지고 발자국은 짓이겨지고 겨울 짐승들의 숨소리는 식식대고 씨앗들은 도망 다니고 덧문이 무너져내린 빈집엔 발자국이 자글자글 끓고
근처 숲에선 함박눈이 또 한바탕 쏟아질 기세다

꽃들의 시간

꽃들은 늘 그랬어요
바람이 불면 분홍 머리를 꼭 껴안고
햇볕에 녹슨 감정들을 마구 던지며
못 이긴 척 허리를 잔뜩 낮추었어요

싫증 낸 그늘이 물이 가득 찬 숲을 흉내 내어도
아무렇지 않게 발가락을 사뿐사뿐 흔들었죠
허리춤 한 번 추스르면 그만이었어요
발 따위는 당신의 가슴께로 흘려보내는 것이었어요

바람이 불 때 웃어도 우는 것이고
울음은 모락모락 허공에 피어올라야 했죠
이쪽에 몸을 던져 저쪽의 시간을 떠받쳐내어야 했어요

공원 의자에 대충 걸쳐 앉은 사람들의 발가락을 보세요
따닥따닥 어제의 간격을 끝없이 이어 붙이고 있는
저 꽃들의 뻔뻔한 얼굴 좀 보세요

모두 어디로,

어디로 떠내려가는 것일까요

다 늦은 오후엔

여기저기 우르 우르르
길이 일어섰다

마지막 남은 깃털이 간신히
길을 움켜쥐긴 했으나

뒤집힌 물의 등이 한쪽 끝이 잘려 나간 채
하얗게 거품을 내며 떠내려가고 있는 것이엇다

온통 길이었고 물이었던 세상이 한 발을 들고선
한쪽으로만 내달리면서도 완강히

한사코 한 번도 그런 적 없다고 보풀 일지라도
딱 잡아떼는 것이었다

어디선가 들었던 말을 또 듣는 다 늦은 오후였다

아직도 그 봄은

엎드려 편지를 씁니다
수신인 비워놓고 밤새도록 바람 속을 떠돕니다

꽃으로 오는 그대
구름으로 오는 그대
바람으로 오는 그대
천둥으로 오는 그대
소낙비로 흩어지는 그대
라고 쓰곤 또 지웁니다

제 발등에 붙들린 채
한 어른 소년이 여태 문밖에 서 있군요

긴 그림자가 그 뒤를 받칩니다
밤새 그러고 있을 요량인가 봅니다

너무 오래된 사랑에 대하여

내 사랑은
언 땅을 움켜쥔 냉이꽃이라네

'길이 없음'의 표지판을 무시한 건 어쨌거나 형벌의 길
벌판에 몸을 기댄 채 마냥 걸어야만 한다네
바닥에 흘러내린 짓무른 한낮, 그림자가 먼지를 일으키네
발끝을 뻗어 땅을 벗어나려 애써도 꼼짝하지 않네
냉이꽃의 뿌리가 그 애절함이 이토록 깊은 줄 처음 알았네

하여 내 사랑은
끝내 별이 될 수밖에 없었네
긴 긴 날 어둠 속 닫힌 창문 앞에서
저 홀로 반짝여야 하네

아무리 걸어도 닿지 않는 곳을 공허라 이름 짓고
그 속에 웅크린 채 긴 잠을 자야 하네 몸을 뒤집을 순 없어도
발끝만은 온전히 남겨 두어야 하네

그리운 것들은 모두 높이 떠 있거나 소용돌이치거나 흩어지
거나
　바닥에 넙죽 엎드려 있으니

　잔물결 찰랑대는 이른 아침
　수평선에 팽팽히 걸린 붉은 해를 깊숙이 들이마실 수 있다면
　불빛을 놓아버린 그리하여 어둠을 통과한 세상을 가장 빠른
걸음으로 걷는다면
　언 땅이어도 오래 만날 수 있을 것이네

편지

엎드려 편지를 씁니다
수신인 비워놓고 밤새도록 바람 속을 떠돕니다

꽃으로 오는 그대
구름으로 오는 그대
바람으로 오는 그대
천둥으로 오는 그대
소낙비로 흩어지는 그대

아직 겨울은 다 지나가지 않았습니다

한 어른 소년이 아직도 그 자리에 서 있습니다
긴 그림자가 그 뒤를 지키고 있는 것이었습니다
밤새 그러고 있는 것이었습니다

바닥에서 솟구치는 언어

전 기 철
(시인 · 문학평론가)

바닥에서 솟구치는 언어

전 기 철
(시인 · 문학평론가)

1

시인은 '나'를 들여다보는 사람이다. '나'의 내면에는 우주의 시공간이 모두 들어 있기 때문이다. 그러므로 시인은 끊임없이 자신의 내면에 무거운 추를 드리우고 언어를 낚는다. 하지만 언어는 시인을 휘두르기 쉽다. 언어는 시인보다 힘이 세기 때문이다. 따라서 한참을 달려온 시 쓰기 속에서 시인은 자신의 본래적인 '나'를 잃어버리기 쉽다. 중견시인에게 이런 경우가 많다. 많은 시집을 내고 언어에 휘둘리지 않으려고 애썼지만 결국 '나'는 보이지 않아 그는 내면이 텅 빈 느낌을 갖는다. 그러므로 그는 뒤돌아보기를 하거나 자신의 내면을 다시 들여다본다. 박해림 시인의 이번 특집 시를 보면서 느낀 소회다. 그는 십여 권의 시집을 냈고 평론집, 산문집 등 많은 저서 속에서 언어와의 싸움에 한 생을 바쳤다. 하지만 그 언어, 더욱이 시의 언어 속에 '나'가 있는지 고개를 갸우뚱하고 있다. 정말 내가 나답게 쓰고 있는가, 언어에 휘둘리지 않았는가를 그는 자기 점검한다. 이에 그는 무엇보다도 언어 이전의 자신의 내면에 추를 드리우고 본래의 자아를 찾으려고 애쓴다. 그것이 그의 바닥론이다.

2

박해림 시인의 바닥 인식은 자신 안에 가라앉아 있는 본래적인 '나' 찾기이다. 이는 사회적인 언어 이전의 '나'이다. 따라서 그는 여기까지 오게 된 역정을 돌아보며 자신의 내면 깊은 곳을 뒤진다. 그의 시에서 '오래전' '어느 봄날'(「나의 정원」)이나 '어느 날' '오래'(「육각형 불빛」), '문득' '어제도 오늘도'(「내 것과 네 것」), '오래 전' '시도 때도 없는' '오래'(「지붕」) 등 시간을 나타내는 말들이 많이 등장하는 것도 이 때문이다. 이는 '~이었다가'이나 '~나를' '것들' '~이라고' 등 반복구절을 통해서도 잘 나타난다.

오래전 부리를 거둬들인 땅을 뒤집습니다
논이었다가 묵정밭이었다가
예측을 벗어난 달의 배경이었다가

— 「나의 정원」 부분

'부리'를 언어의 비유라 한다면 땅을 뒤집는 행위는 그동안에 썼던 시의 언어에 대한 회의에서 비롯했다고 볼 수 있다. 시어에 대한 회의를 통해서 본래적인 자기를 찾으려는 의지가 땅을 뒤집는 과정이다. 이는 지난 시간을 거슬러 올라가 보아야 하는 과정으로 나타난다. 이런 과정을 통해서 그가 찾고자 하는 건 그의 내면 깊은 곳의 바닥이다. 바닥에 웅크리고 있는 그의 본래적인 것, 즉 '중심이었던 것'을 찾기 위함이다.

바닥에 닿는 것들은 모두 중심이었던 것입니다

　　　　　　　　　—「나의 정원」 부분

불빛에 얼굴을 오래 묻고 있으면 각이 만져지네
발을 오래 묻을 때도 각이 걸리곤 했네

　　　　　　　　　—「육각형 불빛」 부분

거친 발이 벗어던진 것은
(중략)
　허공을 둘둘 말아 저 허연 낮달로 펄럭인 바닥에 무늬를 새길
수밖에

　　　　　　　　　—「수선」 부분

어깨를 견주며 살 수 없는 날이 와도 개미는 그저
발밑을 근근이 나누어준 것일 뿐인데

　　　　　　　　　—「내 것과 네 것」 부분

시인에게 바닥은 중심이었던 것이며, '각이 만져지'는 거친 것이며 바닥에 새겨진 무늬, 발밑이다. 그 바닥은 말할 것도 없이 오랫동안 잊고 있었던 시인의 내면 깊숙한 곳에 묻혀 있는, 언어 이전의 '숨'이 있는 자리이며, 자신의 본래의 언어가 탄생되는 자리이다. 그 자리로 돌아가려고 한 것은 사회적인 언어가 아니라 숨의 언어를 통해서 내면에서 우러나는 본래적인 언어를 찾으려고 하는 게 시인의 의지이다. 그 숨은 "협곡에 갇힌 채" 몰아쉰 "거친 숨"이며(「육각형 불빛」), 묻어놓았던 숨(「나의 정원」)이기도 하다. 그리고 그 숨의 언어는 저절로 공중으로 솟구쳐 시가 되고 책이 되는 말들이다.

　　　발그레한 밑줄이 발아래 서너 줄 더 그어지고 난 다음
　　　책 한 권이 또 만들어졌습니다

　　　숨을 묻었던 깊은 부리가 힘껏 공중에 솟구칩니다

　　　　　　　　　　　　　　　　　　　　—「나의 정원」 부분

숨이 언어가 되고, 그 언어는 깊이 묻혀 있었다. 그리고 그 숨은 바닥을 뒤집으니 공중으로 솟구친다. 다시 말하면 바닥을 뒤집으니 그곳에서 숨은 저절로 공중으로 솟구친다. 상승 이미지가 여러 시 속에 나타나는 것도 이런 숨의 언어 때문이다.

한순간 칠흑의 바닥을 놓아버린 수직의 새발이
거칠고 가쁜 호흡을 밀어내며 스러질 때 날개를 잇댄 손은
저 눈먼 허공만은 놓을 수 없는 것이다

— 「수선」 부분)

그 허공 속에 굴뚝을 감추고 무수한 잎을 나부껴야만 하는
나무일 뿐인데

— 「내 것과 네 것」 부분)

바닥은 상승 이미지를 통해서 위로 솟구쳐 자기만의 창조적인 언어가 된다. 가쁜 호흡에서 날개를 펼쳐 미지의 '눈먼 허

공'으로 솟고, 허공 속 나무의 이미지로 위로 자란다. 이 상승 이미지는 '밀어내고' '벗어버리고' '흔들어대'는 운동 이미지 와 만나 보다 활성화 된다. 바닥을 뒤집으니 모든 것이 꿈틀거 리고 솟구치고 거칠어지고 피어오른다. 이런 운동 이미지는 시 를 꿈틀거리게 만들어 상상력이 부풀어 오르게 한다.

그리고 바닥을 드러나게 하는 매개는 새이거나 불빛, 바늘, 개미, 비이다. 이들 매개는 시인의 또 다른 변형된 주체이다.

파드득 후투티 한 마리
꽃이었던 자리에 스윽 입을 맞추고는 남은 해를 힘껏 밀어냈습
니다

— 「나의 정원」 부분

불빛에 얼굴을 오래 묻고 있으면 각이 만져지네

— 「육각형 불빛」 부분

바늘이 급히 지나간 자리에 하얗게 풀이 돋았다

— 「수선」 부분

개미가 기어가다 문득 뒤를 돌아본다

— 「내 것과 네 것」 부분

수리한 지붕에서 비가 샜다

— 「지붕」 부분

　주로 첫 행에서 제시되는 시행에서 보이는 이런 바닥을 드러
나게 하는 매개는 시인이 바닥을 찾기 위해 끌어들인 것들이다.
이들을 통해서 시인은 길들여진 '부끄러운 시간'(「수선」)을 드
러낸다.
　이와 함께 볼 수 있는 것은 시의 언어적 배열의 문제이다.
"붉은 칸나에 고요히 걸터앉을 때"(「나의 정원」)나 "그늘을 먹
어치운 손톱"(「육각형 불빛」)이나 "어긋난 등고선을 밀어내

려"(「수선」), "바닥에 드러누워 햇빛을 무너뜨리며 뭉게뭉게 피어오르는 바람"(「내 것과 네 것」) 등에서 보듯 잇기 힘든 말들을 합성하여 의미를 복합화하고 있다. 이는 엇갈린 말과 말들을 합성하여 길들여진 말들을 배반하기 위한 전략이라고 할 수 있다. 이는 "꽃의 각도"(「내 것과 네 것」)에서 보다 강하게 나타난다. 꽃의 각도가 '벗어버리고 싶은'과 만나면서 말들은 상승 작용을 일으켜 "구부정한 쓸쓸함"으로 귀결된다.

3

박해림 시인의 이번 시집의 시들은 의미를 드러낸다기보다는 의미를 원초적인 데로 되돌리려는 의지가 보인다. 따라서 그는 말들을 매끄럽게 쓰기보다는 본래적인 자신의 말을 거칠게 쓴다. 그 말은 내 것, 네 것 뒤죽박죽이 됐는지는 모르지만 "발밑을 근근이 나눠준" 개미처럼 공중으로 솟구칠 숨의 언어를 찾기 위함에서 비롯한다. 그의 원초적인 언어 찾기가 어디에까지 이를지 지켜볼 일이다.